I0730634

NOTICE

SUR LES CORPS ÉTRANGERS

ARRÊTÉS DANS L'OESOPHAGE,

ET SUR QUELQUES INSTRUMENS PROPRES A EN OPÉRER
L'EXTRACTION,

PAR M. LE DOCTEUR PARENT,

MEMBRE CORRESPONDANT DE L'ACADÉMIE DES SCIENCES, ARTS ET BELLES-
LETTRES DE DIJON, ETC.

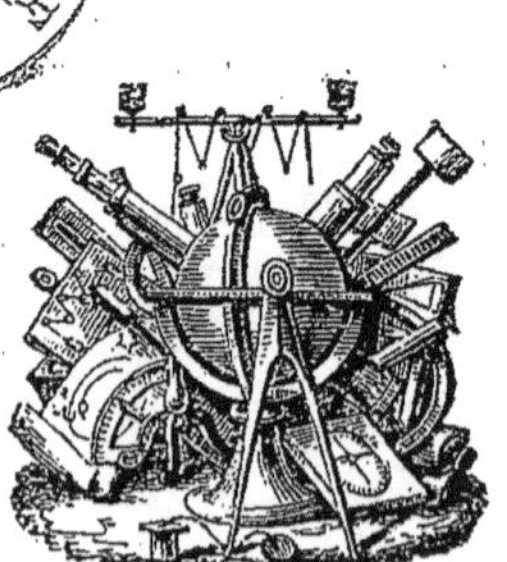

Dijon,

FRANTIN, IMPRIMEUR DU ROI ET DE L'ACADÉMIE.

1830.

NOTICE

SUR LES CORPS ÉTRANGERS ARRÊTÉS DANS L'OESOPHAGE, ET SUR
QUELQUES INSTRUMENS PROPRES A EN OPÉRER L'EXTRACTION,

PAR M. LE DOCTEUR PARENT,

DE BEAUNE, MEMBRE CORRESPONDANT DE L'ACADÉMIE.

Des corps étrangers de toute espèce peuvent s'arrêter dans l'œsophage, produire des accidens nombreux, et même occasionner la mort, soit immédiatement, soit par l'effet d'altérations lentes et consécutives. C'est tantôt au volume de ces corps, à leur nature, à leurs formes acérées, inégales ou tranchantes, tantôt seulement à leur simple position, que sont dûs les phénomènes morbides développés sous leur influence.

Les principaux symptômes qui annoncent la présence de ces corps dans le tube œsophagien, sont : une douleur fixe, continue ou intermittente, dans un des points de ce canal; la difficulté, quelquefois même l'impossibilité d'avaler; des nausées, des vomissemens, ou seulement de violens efforts sans résultats; la rougeur et le gonflement de la face; le larmoyement et la saillie des yeux; une gêne plus ou moins grande de la respiration; enfin quelquefois la mort, précédée d'angoisses et de mouvemens convulsifs.

Les indications premières à remplir immédiatement, sont 1° de favoriser l'expulsion du corps étranger par une médication appropriée, ou de l'extraire à l'aide d'instrúmens convenables; 2° de l'enfoncer dans l'estomac, si on ne peut le retirer par des moyens simples, et s'il n'est pas de nature, soit par sa forme, soit par son volume ou sa composition, à faire craindre le développement consécutif d'accidens graves ou probablement mortels; 3° de l'abandonner aux forces médicatrices de la nature, si, par ses diverses qualités, il ne peut amener aucune lésion dangereuse; 4° de pratiquer l'œsophagotomie, si ce corps est trop volumineux pour être extrait par les voies naturelles, s'il ne peut séjourner plus long-temps dans l'œsophage sans danger immédiat, ni même être enfoncé dans l'estomac sans produire d'effets nuisibles; 5° d'ouvrir promptement la trachée-artère, si la suffocation est par trop imminente.

Mon but n'est de m'occuper ici que d'une seule de ces différentes indications, de celle qui consiste à extraire le corps étranger par les voies naturelles et à l'aide d'instrumens appropriés. Il sera rempli, si les instrumens, nouveaux ou modifiés, dont je donnerai le dessin et la description, obtiennent le suffrage éclairé de l'Académie.

La présence des corps étrangers dans l'œsophage est une affection très-commune et qui a fixé l'attention des observateurs dès la plus haute antiquité. Souvent il faut y remédier avec promptitude, instantanément, et cependant l'art ne possède aucun moyen assez parfait pour fixer tout d'abord , comme dans la plupart des autres cas chirurgicaux, l'idée du praticien le plus expérimenté. Ce n'est pas qu'il y ait défaut d'instrumens; mais c'est qu'aucun d'eux ne mérite sur les autres une préférence exclusive ; de sorte que l'homme de l'art, embarrassé de leur multiplicité et ne sachant auquel recourir, doit dans bien des cas, à l'inspiration du moment, quelquefois au hasard, le choix qu'il se décide à faire. Plus souvent encore, ce n'est qu'après des essais infructueux et réitérés, des tâtonnemens longs, douloureux et pénibles, qu'il trouve enfin l'instrument qu'il eût dû choisir de prime-abord. Il faut avouer, toutefois, que les corps étrangers sans nombre, qui peuvent se rencontrer dans l'œsophage, varient tellement par leur forme, leur position, leur volume et leur consistance, qu'il est peut-être impossible de trouver *a priori* un moyen applicable à tous les cas donnés, tant sont encore obscurs les renseignemens même fournis par le malade : delà, sans doute, ce vague, cet arbitraire, cette absence de règles fixes et précises, qu'on trouve à regret dans cette partie intéressante de la médecine opératoire. Les instrumens que j'aurai l'honneur d'exposer, me semblent devoir contribuer à combler cette lacune.

Toutes les observations relatives au sujet qui m'occupe, et dont les plus remarquables sont recueillies dans le riche mémoire d'Hévin, inséré parmi ceux de l'Académie royale de chirurgie, démontrent que dans tous les cas où l'extraction est possible, c'est à elle

qu'il faut recourir de préférence et instantanément.
Le temps, si l'on tarde, ne fait souvent qu'amener
de nouvelles difficultés; et dans des cas qui parais-
saient d'abord fort simples, peu graves, on a vu sur-
venir plus tard des accidens sérieux, quelquefois
mortels, soit pour avoir imprudemment enfoncé
le corps étranger dans l'estomac, soit pour l'avoir
abandonné avec trop de confiance aux seules forces de
la nature. Ainsi le diagnostic d'un corps étranger dans
l'œsophage étant bien établi, tant sur les circonstances commémoratives, que sur l'observation exacte
des principaux phénomènes, on doit tenter son extraction; mais préalablement il faut, 1° s'assurer de la
profondeur à laquelle il est parvenu ; 2° chercher,
autant que possible, à reconnaître sa forme, sa position, son volume et même sa consistance : (une sonde
flexible, ou mieux encore l'instrument dont se sert
M. Dupuytren, et qui consiste en une tige d'argent
flexible, longue de 15 à 16 pouces, terminée d'un
côté par un anneau qui sert à le diriger, de l'autre
par une petite boule qui forme son bout explorateur,
suffiront pour faire juger ces différentes circonstances
d'une manière approximative); 3° enfin, choisir, d'a-
près les données fournies par une exploration atten-
tive, l'instrument qui paraît le plus convenable à l'extraction et y procéder instantanément.

J'ai déjà dit qu'aucun des moyens connus ne réunit
assez toutes les conditions voulues pour mériter sur
les autres une préférence exclusive; il me sera facile
de démontrer cette assertion en rappelant d'une ma-

nière courte et générale les principaux instrumens proposés jusqu'à ce jour. Mais comme le choix de l'instrument dépend de l'appréciation plus ou moins exacte des diverses qualités des corps étrangers, je crois devoir, auparavant, diviser ceux-ci en trois grandes classes générales, à chacune desquelles je rapporterai les moyens regardés comme les plus convenables. Ainsi, 1° corps étrangers de forme irrégulière, oblongue ou carrée, lisses ou garnis d'aspérités, mous ou consistans, plus ou moins angulaires, mais assez volumineux pour donner quelque prise à l'instrument; tels sont des fragmens osseux, des portions d'alimens, etc. etc.; 2° corps étrangers aigus et déliés, comme des épingles, des aiguilles, des arrêtes de poissons, etc.; 3° corps étrangers sphériques ou circulaires, comme des petites billes d'ivoire, de verre ou de marbre, des balles de plomb, des jetons d'os ou de métal, des anneaux, des pièces de monnaie, etc. Telles sont les trois larges divisions, auxquelles on peut rapporter, plus ou moins rigoureusement, la plus grande partie des corps étrangers qu'on peut rencontrer dans l'œsophage.

1° Les crochets de formes variées, les anses et anneaux métalliques formés avec un fil de fer, et tout récemment l'instrument de M. Charrière, sont les moyens dont on se sert généralement pour extraire de l'œsophage les corps étrangers compris dans la 1re division. Parlons de chacun d'eux et succinctement.

Le crochet paraît un moyen si simple et si naturel qu'il a dû s'offrir un des premiers à la pensée des hommes de l'art : aussi le trouve-t-on mentionné dans tous les auteurs, et les modernes n'ont fait que corriger ses inconvéniens les plus sensibles. On lit dans les Mémoires de l'Académie de chirurgie, une observation de *Perrotin*, qui, pour extraire un os arrêté dans l'œsophage, se servit tout simplement d'un fil de fer assez fort, dont il recourba une des extrémités en forme de crochet : cet instrument lui réussit, il est vrai; mais on a dit, avec raison, qu'il était dangereux, en ce que l'extrémité pointue de ce crochet aurait pu s'engager dans les parois de l'œso-phage, et l'opérateur alors attribuant au corps étran-ger la résistance éprouvée, aurait, par des tractions réi-térées, dilacéré ces parois et produit des lésions extrê-mement graves : c'est ainsi que mourut un curé de Nevers, victime d'une semblable méprise. Pour parer à cet inconvénient, on a terminé le crochet par un pe-tit bouton de forme ovalaire ou arrondie : tel est celui décrit dans les *Mémoires de la Société d'Édimbourg*, et dont un chirurgien de *Kinross* se servit avec avan-tage. D'après la même idée, *J. L. Petit* en a imaginé un fait avec une tige d'argent flexible, ou avec deux fils d'argent tournés en spirale l'un sur l'autre, dont l'extrémité recourbée en forme de crochet et arrondie, présente un petit anneau propre à laisser engager le corps à extraire. Déjà *Fabricius Hildanus* avait mis en usage un crochet applati et fort large à son extré-mité, dont le bord, décrivant une ligne courbe, for-mait une espèce de grattoir avec lequel il détachait les corps aigus implantés dans l'œsophage.

Les anses ou anneaux métalliques, formés par un fil de fer plié en deux et dont les branches sont entrelacées jusques près de leur courbure, ont réussi quelquefois, comme dans le cas suivant consigné dans les centuries de *Stalpart Van Derwiel* : Un soldat avale dans un bouillon, un os énorme, de forme irrégulière; le chirurgien appelé manquant d'instrumens convenables, le malade en construit un lui-même avec un fil de fer qu'il recourbe et dont il entrelace les branches jusques près de leur courbure, de manière à laisser en cet endroit une ouverture propre à embrasser le corps étranger. Il se l'introduit dans l'œsophage, et à la sixième tentative, il est assez heureux pour accrocher l'os et l'amener au dehors.

L'instrument de *M. Charrière* se compose de deux petits cercles métalliques, réunis à angle aigu par le côté de leur circonférence qui doit pénétrer le premier; l'espace compris entre ces deux cercles écartés supérieurement, est occupé par une plaque d'argent sur laquelle un manche de baleine, long et flexible, est fixé d'une manière mobile au moyen d'une charnière. On introduit cet instrument dans l'œsophage au de-là du corps étranger, et en le ramenant à soi, on accroche par un des cercles le corps étranger qu'on amène dans l'arrière-gorge où il est saisi par des pinces courbes ou les doigts de l'opérateur.

Voici des objections fondées qu'on peut faire à chacun de ces instrumens : 1° si le corps étranger est volumineux, s'il remplit entièrement, ou à peu près, la capacité de l'œsophage, comme on l'observe quelquefois, le crochet qui doit toujours former un angle assez ouvert, puisqu'il est destiné à embrasser le corps à extraire, sera alors introduit avec difficulté et causera des lésions plus ou moins graves; 2° si ce crochet forme un angle trop aigu, il sera souvent insuffisant puisqu'il ne pourra embrasser le corps étranger; son action même sera décomposée par la direction qu'il recevra de l'impulsion communiquée par l'opérateur, de telle sorte que sa base sera portée en arrière puis en haut contre la paroi postérieure de l'œsophage; 3° enfin, lorsque ce crochet sera introduit au de-là du corps étranger, si celui-ci est retenu avec tant de force et de solidité, qu'il soit imprudent, impossible même d'en opérer l'extraction, et qu'alors, quelle qu'en soit la cause, il faille retirer ce crochet reconnu impuissant, ne peut-il pas arriver qu'on ne puisse en venir à bout, 1° parce que le corps étranger étant d'une nature molle et cependant résistante, le crochet s'y enfonce et s'y fixe toutes les fois qu'on essaie de le ramener au dehors; 2° parce que l'ouverture qui lui a donné passage est très-étroite naturellement, ou devenue telle, ou a changé de direction, de forme par suite des déplacemens imprimés au corps étranger par l'opérateur, et on ne la rencontre plus; 3° parce que la muqueuse œsophagienne enflammée, peut être relâchée, ramollie au de-là du corps étranger, et formant alors des plis par suite de cette augmentation de volume, donner prise à l'action du crochet qui s'y engage, quelque mousse que soit son extrémité; 4°

parce que les efforts tentés pour entraîner, ébranler le corps étranger peuvent avoir agrandi l'angle ou changé la forme du crochet, et celui-ci ne peut plus passer par la même ouverture. Ces différentes circonstances peuvent se rencontrer, au moins en partie, dans un grand nombre de cas; elles sont toutes très graves, quoique non prévues pour aucun des moyens employés jusqu'à ce jour, et tout le monde sent quels accidens peuvent en être la suite! Ces objections me semblent décisives et devoir faire exclure tous les crochets proposés.

S'il est vrai qu'on a obtenu quelques succès avec les anses ou anneaux métalliques, il est facile de voir tout ce que ces moyens ont d'imparfait, de défectueux, et combien leur action est peu certaine dans la plupart des circonstances. Ne faudrait-il pas, pour qu'ils offrissent des chances raisonnables de succès, qu'on pût toujours reconnaître d'avance la dimension, la direction et la forme du corps à extraire? Et tous les praticiens n'ignorent pas combien ces données sont difficiles à acquérir d'une manière assez précise, tant sont pénibles et douloureuses les recherches nécessaires.

L'instrument de *M. Charrière* ne peut être employé que dans un petit nombre de cas, dans ceux où le corps étranger ne remplit qu'en partie l'œsophage; autrement son introduction serait impossible, puisqu'elle doit exiger un assez grand espace. Et de plus, comme pour les crochets et les anses métalliques, il peut arriver qu'une fois introduit au-delà du corps étranger, on ne puisse plus le ramener au dehors, par quelques-unes des causes énoncées.

Ainsi tous ces moyens sont insuffisans, ou d'un emploi dangereux, ou seulement applicables à quelques cas particuliers : il importe donc d'en trouver un qui puisse être employé avec succès, avec sécurité et d'une manière plus générale. C'est vers ce but que j'ai dirigé tous mes efforts, en faisant confectionner l'instrument suivant, dont j'avais besoin pour extraire de l'œsophage un fragment d'os énorme qui y était profondément engagé et solidement retenu.

Cet instrument (1) se compose d'une tige de baleine, arrondie, flexible, de deux lignes de diamètre ou un peu plus, longue de 12 à 14 pouces et légèrement courbée sur sa longueur. L'une de ses extrémités, que je nommerai supérieure, est surmontée d'un anneau métallique pédiculé, en forme de clef, assez évasé pour recevoir un ou deux des doigts de l'opérateur. L'extrémité inférieure présente une virole du même métal, taraudée pour recevoir la vis d'une tige d'acier, longue d'un pouce et demi environ ; celle-ci, d'un diamètre inférieur à celui de la baleine, offre, au milieu de sa longueur, l'insertion d'un petit ressort, dont l'extrémité libre est tournée en bas. Au bout de cette tige d'acier est fixée, par une charnière mobile,

___

(1) Voyez, pour avoir une idée exacte de cet instrument, les fig. 1, 2, 3, 4, 8 et 9 de la planche ci-jointe.

une seconde tige du même métal, aplatie et légèrement courbée sur sa longueur, d'une ligne de diamètre sur un pouce de long et terminée en olive. La charnière, mobile comme je l'ai dit, permet à celle-ci
qui fait crochet, de se rapprocher entièrement de la
première; mais elle est disposée de manière à l'empê-
cher de s'en écarter de plus de 8 à 10 lignes, écartement qui forme l'ouverture du crochet, dont l'angle,
dans sa plus grande dimension, n'est que de 45 à 50
degrés. Cette articulation doit avoir assez de solidité
pour résister aux efforts, quelquefois très violens,
que peut nécessiter l'extraction du corps étranger.
L'extrémité libre du crochet est percée d'une ouverture
à laquelle on attache un fil assez fort, qui, passant par
un trou pratiqué un peu plus haut sur la tige opposée,
vient, le long de la baleine, se rendre au dehors et la
dépasse de quelques pouces. Ce fil est destiné à fermer
à volonté le crochet que fait ouvrir l'action du petit
ressort dont il a été parlé plus haut. Cet instrument
est contenu, le crochet fermé, dans une sonde de
gomme élastique d'une dimension convenable et ouverte à ses deux extrémités. L'anneau pédiculé, qui
en forme la partie supérieure et sert à le diriger, doit
dépasser la sonde d'à peu près deux pouces.

Pour procéder à l'extraction d'un corps étranger,
arrêté dans l'œsophage, on introduit l'extrémité de la
sonde opposée à l'anneau jusqu'au de-là de ce corps,
avec les précautions nécessaires, et lorsqu'elle y est
arrivée, ce qu'on sent au défaut de résistance, on

pousse la baleine jusqu'à ce qu'on juge que le crochet dépasse en entier l'extrémité inférieure de la sonde, afin qu'il puisse s'ouvrir par la détente du petit ressort mis en liberté. Ensuite, pendant qu'on retient la ba-leine, on pousse la sonde jusqu'à la base du crochet, qui se trouve ainsi maintenu ouvert. L'opérateur, alors, retirant à lui l'instrument en totalité, ren-contre nécessairement le corps étranger qu'il em-brasse avec le crochet, et qu'à l'aide de tractions pru-demment ménagées et d'une force convenable, il amène bientôt dans l'arrière-gorge. Si le corps étran-ger est trop volumineux, s'il est trop fortement retenu dans l'œsophage pour qu'il soit prudent de chercher à en opérer l'extraction ; ou si l'angle formé par l'ou-verture du crochet est trop petit ou trop grand ; ou si enfin l'extraction du corps étranger est jugée impos-sible, et qu'on soit, par une cause quelconque, obligé de retirer l'instrument dont l'insuffisance est re-connue, on ferme le crochet à l'aide du fil attaché à son extrémité libre et qu'on tient en dehors ; on le fait rentrer dans le tube de gomme élastique, et on ra-mène le tout au dehors sans la moindre difficulté. Cet avantage de pouvoir fermer le crochet à volonté est d'une importance facile à apprécier et me paraît suffire pour mériter à cet instrument sur tous les autres une préférence à peu près exclusive. Son in-troduction est exempte de tout danger ; elle est facile, même lorsque le corps à extraire remplit presque en entier l'œsophage, et son action est aussi sûre que possible. C'est dans l'observation suivante que pour la première fois j'ai eu occasion de l'employer et d'en apprécier tous les avantages.

Extraction d'un fragment d'os arrêté dans l'œsophage.

Le nommé V*** de Curty près Beaune, âgé de 68 ans, d'un tempérament sec et sanguin, privé de ses dents incisives et d'une partie des autres, avale le 5 mai 1823, dans une cuillerée de soupe qu'il prend avec avidité, un corps étranger qui passe sans être senti et s'arrête dans l'œsophage au niveau de la partie supérieure du sternum. Aussitôt douleur fixe et aiguë, difficulté d'avaler, ingestion des liquides seule possible. Cependant peu à peu dans la journée et la matinée du lendemain, quelques cuillerées de potage clair passent quoiqu'avec peine et en causant une douleur assez vive. V*** vient à Beaune consulter le docteur Morelot qui, à l'aide d'une sonde d'argent, reconnaît la présence d'un corps étranger solide dans l'œsophage, et essaie vainement de l'extraire ou de l'enfoncer dans l'estomac. Après quelques tentatives et par suite peut-être d'un déplacement que ce corps paraît avoir éprouvé, le malade semble avaler avec plus de facilité; mais une parcelle de pain trempée dans du vin qu'il veut prendre est rejetée immédiatement, et revient en partie par les narines. Le d. M... pensant avoir enfoncé le corps étranger qui, au rapport du malade, devait être peu volumineux, pouvant d'ailleurs attribuer au spasme et à l'irritation locale la persistance des phénomènes morbides, prescrit des

boissons émollientes, des cataplasmes et des gargarismes de même nature. Le troisième jour, la difficulté d'avaler augmente; le quatrième la déglutition
est complètement impossible. L'introduction d'une
seule goutte d'eau produit des spasmes et des angoisses
pénibles, et ce liquide revient par les narines. Mandé
alors près du malade, je le trouve dans l'état suivant :

Fièvre légère, peau sèche et brûlante, céphalalgie,
langue rouge et un peu desséchée, douleur fixe un
peu plus bas que le larynx et augmentant par la pression, impossibilité complète d'avaler. Croyant, d'a-
près le malade, que le corps étranger était peu volumineux (je manquais d'instrument explorateur), et
jugeant que les phénomènes observés, quoique graves,
pouvaient tenir à la vive irritation produite par le
séjour prolongé de ce corps, je fais quelques essais
pour le pousser dans l'estomac, mais j'insiste peu sur
ces tentatives qui sont sans résultats; je m'assure seulement que le corps étranger oppose une résistance
qu'il n'est pas prudent de chercher à surmonter. En
attendant que j'aie les instrumens convenables pour
tenter l'extraction, je prescris l'application de 20
sangsues et d'un cataplasme sur l'endroit douloureux.
Le cinquième jour, amélioration sensible, moins de
douleur, cessation de la soif et de la fièvre, quelques
heures de sommeil pendant la nuit, mais l'impossibilité d'avaler persiste.

Après avoir exploré l'œsophage avec une tige d'argent terminée par un bouton ovalaire, je crois reconnaître que ce conduit est presque entièrement bouché

par le corps étranger qui me paraît très volumineux. Cependant je fais pénétrer, non sans peine, une sonde en argent, jusqu'au delà de l'obstacle, que je cherche vainement à déplacer ; je sens une pointe qui s'accroche dans les yeux de la sonde ; j'essaie dès-lors et successivement plusieurs espèces de crochets ; les uns ne peuvent être introduits; les autres sont insuffisans, parce que l'ouverture qui leur livre passage est si étroite que, pour les faire pénétrer, je suis obligé de rendre leur angle très aigu. L'introduction d'un de ces instrumens, que j'étais parvenu à effectuer, et à l'aide duquel j'avais embrassé en partie le corps étranger, faillit amener les plus funestes résultats : lorsque je tirais à moi ce crochet, sa base se portait en arrière contre la paroi de l'œsophage, de telle sorte que l'action du levier était décomposée et ne portait plus qu'imparfaitement sur l'objet à extraire. Reconnaissant bientôt l'insuffisance de ce moyen, et même le danger de mes tentatives très douloureuses, je cherche à retirer le crochet pour en débarrasser le malade ; je ne puis le ramener au dehors, il m'est impossible de rencontrer l'ouverture qui lui avait donné passage. Le malade souffrait horriblement, ma position était des plus pénibles et je ne savais trop comment me tirer d'affaire, quand heureusement le crochet cédant à mes efforts, se redresse et n'oppose plus d'obstacles à sa sortie. Sans cette circonstance heureuse, toute due au hasard, l'état du malade devenait si grave de plus en plus, ses angoisses augmentaient avec une intensité si alarmante, que j'aurais eu peut-être la douleur de le voir succomber entre mes mains et par l'effet des moyens mis en usage pour lui rendre la vie.

J'essaie ensuite, mais avec défiance et circonspection, tous les autres petits moyens, plus ou moins ingénieux, conseillés généralement. Un lavement fait avec la décoction d'une once de tabac en corde est donné pour produire le vomissement : point de résultats. Trois grains d'émétique dissous dans l'eau sont injectés dans l'estomac à l'aide d'une sonde et ne produisent que quelques efforts inutiles. Le malade est soutenu à l'aide de bouillons injectés dans l'estomac de la même manière; lavemens et gargarismes de la même nature.

Le septième jour, l'état du malade ne s'aggravant pas d'une manière inquiétante, tous nos efforts d'ailleurs ayant échoué, nous décidons, M. M... et moi, qu'on attendra l'établissement de la suppuration autour du corps étranger, dans l'espoir que ce liquide le dégagera peu à peu, facilitera son déplacement et peut-être son extraction. Jusqu'à cette époque, on nourrira le malade comme il a été dit plus haut. Le dixième jour, la fièvre et la douleur prennent une nouvelle intensité que nous jugeons dangereuse, et nous croyons devoir renouveler nos essais pour débarrasser le malheureux patient dont le naturel un peu glouton s'accommodait mal d'ailleurs d'une aussi longue abstinence (1). Guidé par les données plus ou

---

(1) Cet homme était connu dans son village sous le nom de V*** *le goulu*, épithète qui, depuis son enfance, servait à le

moins certaines que nous avions acquises, tant sur la nature du corps étranger, que sur sa position, son volume et sa résistance, je fais confectionner promptement l'instrument dont j'ai donné plus haut la description. Cet instrument renfermé dans une sonde de gomme élastique, ouverte à ses deux extrémités, est introduit dans l'œsophage, sans peine et sans douleur, au-delà du corps étranger. Poussant alors la baleine pour mettre le crochet en liberté, et retirant à nous l'instrument, nous embrassons aisément le corps étranger que nous cherchons à ébranler et à déplacer peu à peu, à l'aide de tractions doucement ménagées. La résistance éprouvée est si forte que deux fois la charnière cède à nos efforts et nous oblige à faire construire un autre instrument. Enfin le corps étranger, bien saisi, est ébranlé graduellement et amené dans l'arrière-gorge où nous le saisissons avec les doigts. C'était un fragment énorme de vertèbre de cochon, de forme irrégulièrement carrée, ayant près de 15 lignes dans ses différens diamètres, présentant une longue pointe formée par une partie de l'apophise épineuse, et sur un de ses côtés une portion du canal vertébral, espèce de gouttière par laquelle avaient pénétré la sonde et les divers instrumens mis en usage.

Cette opération, presque sans douleur, ne donne

---

distinguer de ses frères, et semblait caractériser d'avance le genre de mort auquel il devait succomber. Cette gloutonnerie aide à expliquer comment il a pu avaler, sans le sentir, un os aussi volumineux que l'était celui-ci.

lieu à aucun écoulement de sang; elle est seulement suivie de l'expectoration de quelques mucosités sanguinolentes. La déglutition devient libre et facile; quelques heures de sommeil procurent bientôt au malade un bien-être qu'il n'avait pas goûté depuis long-temps. Nous lui prescrivons une alimentation douce et modérée, l'usage de boissons émollientes propres à calmer l'irritation et la fièvre qu'elle occasionnait. Soumis à ce régime pendant six à huit jours, le malade affaibli par la souffrance, par la diète forcée et par l'inquiétude morale, inséparable d'une position aussi pénible, recouvre peu à peu sous nos yeux, ses forces et presque sa santé primitive. Alors il retourne à son village qu'il lui tarde de revoir et où nos conseils sont trop promptement oubliés. Car, à peine arrivé, et libre enfin de satisfaire son appétit naturel, V*** prend avec profusion les alimens de son goût, et les arrose largement de son vin le plus généreux. Une indigestion survient, l'état inflammatoire à peine éteint se ranime avec intensité dans les voies digestives, se communique aux voies aériennes, et le malade succombe après quelques jours de maladie. Il est inutile de faire observer que cette issue malheureuse, aussi indépendante de l'opération qu'étrangère à l'action du moyen employé, n'ôte rien aux avantages de l'instrument, confirmés au contraire par tous les détails de l'observation. Il est seulement probable que le séjour prolongé du fragment osseux dans l'œsophage, en irritant les tissus, n'a pas peu contribué, comme cause prédisposante, au développement de la phlegmasie consécutive, phlegmasie qui peut-être n'aurait pas eu lieu, ou aurait été combattue avec plus d'avantage, si, dès le principe, on avait pu opérer l'extraction du corps étranger.

Dans un cas pareil, si le corps étranger était retenu avec tant de force qu'il fût impossible de l'extraire, ou seulement dangereux de le tenter, à cause des lésions graves qui en seraient la suite, on pourrait, à l'exemple de *M. Gensoul* de Lyon, sur-tout si ce corps n'était pas descendu trop profondément, se servir d'une pince courbe, plus ou moins longue, dont les mors écartés avec assez de force produiraient une dilatation suffisante de l'œsophage pour faciliter l'action du crochet.

2° Lorsqu'il s'agit d'extraire de l'œsophage des corps aigus et déliés, comme des aiguilles, des épingles, des arrêtes de poissons, etc., les moyens ordinairement employés sont, 1° des chaînes d'anneaux métalliques, se mouvant en différens sens, fixées à l'extrémité d'une tige d'argent flexible qui sert à les introduire, imaginées par *J. L. Petit;* 2° des anses ou anneaux de fil ou de soie; 3° de la filasse; 4° des morceaux d'éponge, resserrés d'abord, puis mis en liberté lorsqu'ils sont parvenus au-delà du corps étranger où on les laisse assez de temps pour qu'ils se pénètrent d'humidité; 5° l'instrument de *M. Charrière,* plus récemment inventé et dont on pourrait tenter l'usage en quelques circonstances.

Les trois premiers moyens peuvent réussir quelquefois; mais leur action est très incertaine, les succès qu'on en obtient sont presque toujours l'effet d'un heureux hasard ; conséquemment on ne doit leur accorder qu'une confiance bien limitée. Il n'y a que quelques cas particuliers où l'on puisse employer avec succès l'instrument de *M. Charrière*. L'éponge seule, convenablement introduite, offre, jusqu'à ce jour, les plus grandes chances de réussite dans presque tous les cas de cette espèce. C'est le premier moyen auquel on doive recourir, et s'il n'a pas obtenu toujours la préférence qu'il mérite, c'est qu'il n'a été mis en usage que d'une manière défectueuse : aussi son application, pour être faite avec succès et sécurité, a besoin d'être soumise à une nouvelle méthode qu'il importe d'établir.

Les anciens conseillaient de tremper dans l'huile l'éponge dont on voulait se servir ; mais on pense qu'il vaut mieux l'introduire sèche, préalablement soumise à une forte pression, capable d'en diminuer beaucoup le volume. Ainsi disposée et portée au-delà du corps étranger, on la laisse en place jusqu'à ce qu'on la suppose pénétrée d'humidité ; dans ce nouvel état, elle remplit toute la capacité du tube œsopha-gien, et peut entraîner le corps étranger lorsqu'on la ramène au dehors. Cette méthode, généralement employée, a des inconvéniens graves qu'il me sera facile de signaler.

Lorsqu'un corps aigu, délié et d'une certaine longueur, est avalé et s'arrête dans l'œsophage, la position que le plus souvent il doit prendre, et que le raisonnement indique assez, est ou la direction transversale simple, ou la direction transversale et oblique de haut en bas, de manière à partager le canal en deux portions plus ou moins pareilles. Ce corps peut encore se fixer, quoique plus rarement, perpendiculairement ou à peu près, et d'un seul côté de l'œsophage, mais toujours de haut en bas. Dans tous ces cas, pour peu que l'éponge ait de volume, et malgré la pression à laquelle on l'a préalablement soumise, il faut qu'elle en ait encore assez pour remplir le but qu'on se propose ; il arrive presque toujours qu'en l'introduisant dans l'œsophage, on la porte plus ou moins directement sur le corps à extraire ; on enfonce ainsi celui-ci de plus en plus par l'impulsion qu'on communique à l'éponge et qu'on ne voudrait imprimer qu'à elle : de là de nouvelles douleurs pour le malade et des résultats opposés à ceux qu'on cherchait à obtenir. On reconnaît ce fâcheux contre-temps aux souffrances qui deviennent plus vives, aux angoisses du malade qui augmentent en raison des efforts de l'opérateur, et souvent enfin au développement de spasmes, de convulsions, qui forcent bientôt à suspendre toute tentative.

Une seconde entrave, qui souvent détermine la précédente, est la sensation désagréable que produit l'éponge sèche, non recouverte, lorsqu'elle vient à être en contact avec les parois muqueuses de l'arrière-gorge : cette sensation provoque souvent de la part du malade des efforts, des soulèvemens d'estomac, des contractions même de l'œsophage, qui, en rétrécissant la capacité de ce conduit, ne contribuent pas peu à faire porter toute l'action de l'éponge sur le corps étranger lui-même. Pour obvier à cet inconvénient, dont j'ai pu, comme on va le voir, apprécier toute l'importance, j'ai fait construire un nouvel instrument dont je me suis servi avec succès pour extraire de l'œsophage une épingle avalée par une jeune fille. La description de cet instrument, qui n'est qu'un mode différent, mais plus sûr, d'employer l'éponge, va faire partie de cette observation.

Extraction d'une longue épingle arrêtée dans l'œsophage.

Au mois de juillet 1825, je suis consulté par une jeune fille de 20 ans, qui avait depuis deux jours avalé une longue épingle noire. Ce corps s'était arrêté dans l'œsophage à peu près au niveau de la septième vertèbre du cou et donnait lieu aux phénomènes suivans : douleur fixe et aiguë au point du cou correspondant, envie de vomir, sensation continuelle de picotement insupportable; difficulté extrême et quelquefois impossibilité complète d'avaler occasionnée par la douleur. Ces symptômes persistent depuis deux jours et prennent une intensité toujours croissante. On a déjà fait de vaines et nombreuses tentatives pour extraire, ou (bien imprudemment) pour enfoncer l'épingle dans l'estomac; des vomissemens, sans résultats, ont été provoqués. A l'aide d'une sonde exploratrice, je cherche à m'assurer de la position de ce corps étranger, qui me semble placé en travers, mais très obliquement de haut en bas. Convaincu de la nécessité d'extraire promptement cette épingle, je fixe, pour procéder à son extraction, à l'extrémité d'une sonde de gomme élastique, un morceau d'éponge sèche bien fine, soumise préalablement à une forte pression qui avait diminué son volume au moins des deux tiers, et l'introduis dans la partie supérieure de l'œsophage sans difficulté, mais en provoquant quelques nausées. Arrivé plus bas, je sens que mon éponge porte constamment sur l'épingle, quoi que je fasse pour l'éviter, et sans pouvoir pénétrer au-delà. La malade, à chaque tentative, éprouve des douleurs si aiguës et des spasmes si violens, qu'ils m'obligent à retirer l'éponge, dont l'action prolongée plus long-temps et dans le même sens, aurait, dit la jeune fille, occasionné la mort.

L'éponge, diminuée de moitié, éprouvant encore les mêmes obstacles, je ne lui laisse presque plus que la dimension de l'extrémité de la sonde; je parviens alors à l'introduire, mais sans plus de succès pour l'opération; car, après l'avoir gonflée d'eau tiède, injectée par la sonde, et l'avoir laissée le temps convenable pour se dilater entièrement, je la ramène avec précaution sans entraîner l'épingle. Je sens parfaitement que cette éponge ne remplit pas entièrement l'œsophage, et qu'elle glisse à côté du corps étranger qui échappe à son action. La même manœuvre est tentée plusieurs fois, mais toujours infructueusement. La jeune malade, lasse de tous ces essais qu'elle supporte avec un courage digne d'une issue plus heureuse, demande à se reposer jusqu'au lendemain.

Pendant cet intervalle, augmentation de la dou‑ leur, sécheresse et rougeur de la langue, abattement, fièvre ; désespoir de la malade qui regarde l'extraction de cette épingle comme désormais impossible. Cepen‑ dant je renouvelle mes tentatives à l'aide du crochet simple dont je me suis servi dans le cas précédent ; mais bien que l'épingle soit placée un peu en travers, elle échappe à ce moyen. Je garnis alors ce crochet d'une éponge fine que j'introduis renfermée dans la sonde de gomme élastique ; j'échoue encore, et cet insuccès me paraît tenir à ce que l'éponge n'est en contact qu'avec une partie de la surface œsopha‑ gienne, bien que je l'aie gonflée d'eau injectée par la sonde. Enfin, après avoir encore essayé vainement de la filasse, des anses de fil et les chaînettes de *J. L. Petit*, j'ai recours à l'instrument dont voici la description :

Cet instrument ressemble au crochet simple pré‑ cédemment décrit (1) ; il s'adapte à la même tige par une vis qui termine une de ses extrémités ; il n'en diffère qu'en ce qu'il présente inférieurement quatre charnières au lieu d'une, et à chacune d'elles quatre petits crochets d'acier, longs de six à huit lignes, placés circulairement et à distances égales. Ces crochets sont garnis chacun d'une éponge fine, d'un volume con‑ venable, et fixée par un fil à un anneau placé infé‑ rieurement ; ils peuvent se rapprocher à volonté de la tige principale à l'aide du fil attaché à leur extré‑

---

(1) Voy. les fig. 5, 6, 7 et 11 de la planche ci-jointe.

mité libre, et ne doivent pouvoir s'en écarter qu'en formant un angle de 40 à 45 degrés dans sa plus grande ouverture; quatre petits ressorts, placés sur la tige principale, correspondent à chacun des crochets qu'ils font ouvrir par leur détente lorsqu'ils sont mis en liberté. Avant de se servir de cet instrument, on le renferme avec ses crochets fermés et garnis d'é-ponges sèches dans une sonde de gomme élastique d'un calibre convenable, ouverte à ses deux extré-mités.

Ainsi disposé, cet instrument est introduit dans l'œsophage, jusqu'au-delà du corps étranger à côté duquel je passe sans le sentir : je pousse alors la ba-leine jusqu'à ce que je juge que les crochets dépassent l'extrémité de la sonde assez pour pouvoir s'ouvrir par l'action des petits ressorts. Ensuite j'injecte par cette sonde une quantité d'eau tiède suffisante pour dilater les éponges et leur donner un volume capable de remplir exactement toute la capacité de l'œsophage. Lorsque je juge cette indication remplie, je retire peu à peu l'instrument, et à ma première tentative, je suis assez heureux pour entraîner au dehors le corps étranger qui était une épingle noire longue de 15 à 16 lignes. La malade est immédiatement sou-lagée; tous les phénomènes morbides disparaissent graduellement, et en quelques jours, l'inflammation, qui était déjà très vive, est entièrement dissipée.

Ce mode d'employer l'éponge me paraît répondre à toutes les indications; il est plus sûr que tous les autres; son application est facile, et son action exempte de tout danger. Si quelque cause imprévue forçait à retirer cet instrument, retenu par le corps étranger même, on fermerait les crochets à l'aide des fils tenus en dehors et on les ferait rentrer dans la sonde de gomme élastique.

3° Lorsque les corps étrangers arrêtés dans l'œsophage sont ronds, sphériques, comme des billes d'ivoire, des balles de plomb, certaines espèces de bonbons ou de noyaux de fruits, etc., qui par leur forme et leur volume remplissent plus ou moins complètement le tube œsophagien, on conçoit qu'il est plus difficile de faire pénétrer tout instrument propre à les extraire. Ces cas peuvent être graves parce que la suffocation du malade peut arriver instantanément par suite de la compression exercée sur la trachée-artère : les recueils d'observations en offrent des exemples assez nombreux. C'est alors sur-tout qu'on peut être obligé de recourir promptement à la trachéotomie pour éviter la mort imminente du malade et se donner le temps d'extraire le corps étranger. Le crochet simple, employé avec succès dans la première observation, ne pourrait saisir un corps de cette espèce ; il glisserait autour de sa surface et le laisserait échapper continuellement. L'instrument à quatre petits crochets exige une sonde d'un trop gros calibre pour être mis en usage dans ces circonstances. Il en sera de même lorsque les corps étrangers seront circulaires comme des jetons, des pièces de monnaie, etc., qui n'offrant également qu'un plan très incliné à l'action du crochet simple, devront encore le plus sou-

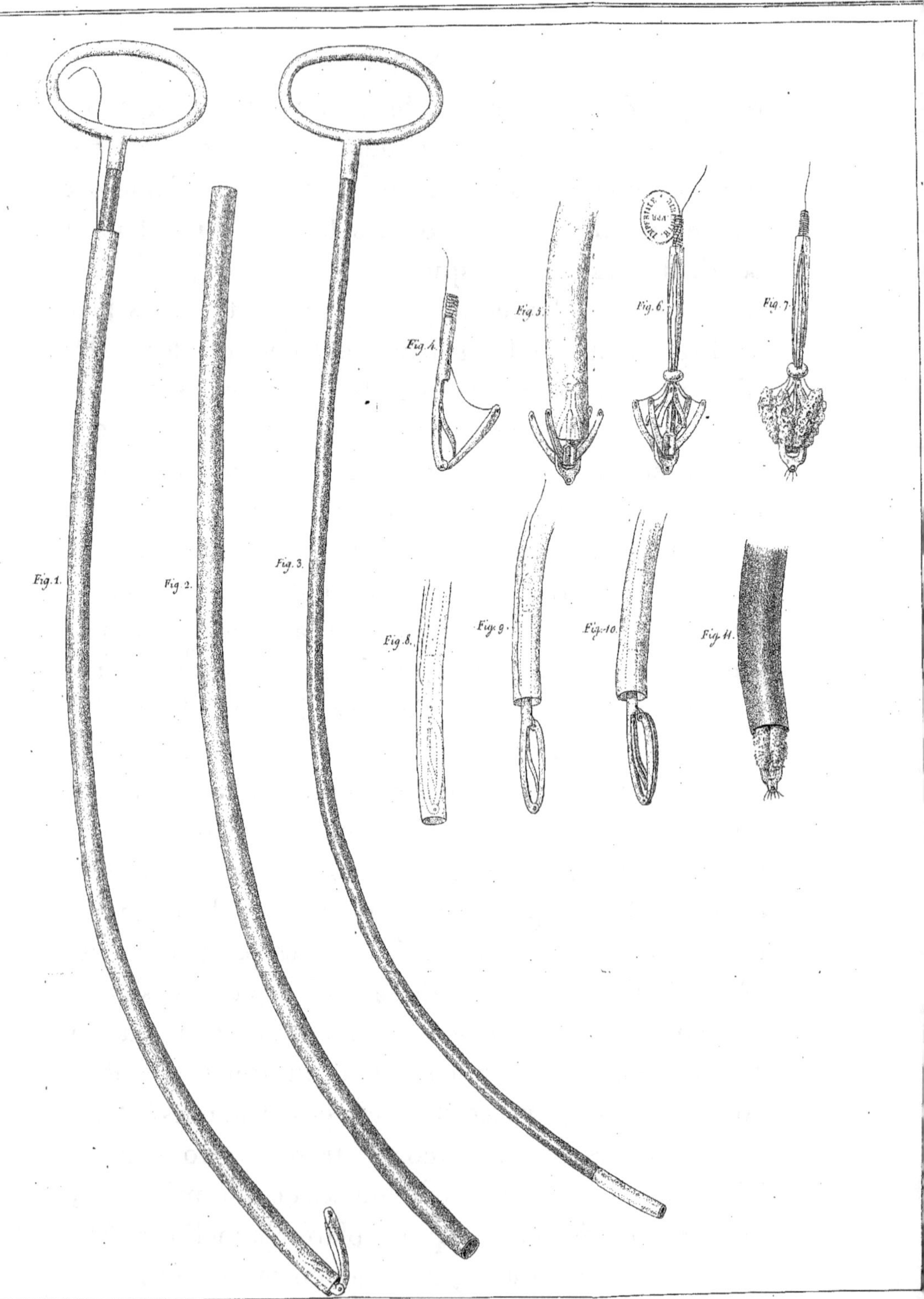

Fig. 1.
Fig. 2.
Fig. 3.
Fig. 4.
Fig. 5.
Fig. 6.
Fig. 7.
Fig. 8.
Fig. 9.
Fig. 10.
Fig. 11.

vent lui échapper. Si ces corps étaient placés de champ,
l'instrument à quatre crochets, non garnis d'éponges,
pourrait être employé avec au moins autant d'avan-
tage que celui de *M. Charrière* dont *M. Dupuytren* s'est servi dans un fait récemment publié.

Je n'ai pas eu, dans ma pratique, l'occasion d'observer des cas de ce genre, mais tout le monde sait
qu'ils ne sont pas rares ; on est même quelquefois
étonné du volume que peuvent offrir quelques-uns
de ces corps arrêtés dans l'œsophage. Pour les extraire,
j'ai fait confectionner un instrument qui, sans réunir
peut-être toutes les qualités désirables, doit réussir
dans le plus grand nombre des cas.

(1) Cet instrument s'adapte de la même manière et
à la même tige que les deux précédens. L'extrémité
inférieure de la tige d'acier offre deux charnières pra-
tiquées sur le même plan, laissant entre elles au
moins deux lignes d'écartement, et à l'aide desquelles
s'articulent deux petites tiges d'acier, formant crochet,
longues de 10 à 12 lignes, aplaties et légèrement
courbées sur leur longueur, présentant également
entre elles un espace suffisant pour loger une partie
du corps étranger s'il est sphérique. Ces deux tiges
forment ainsi un crochet double, s'ouvrant par la
détente de deux petits ressorts insérés sur la tige
principale, et se fermant à volonté par le moyen d'un
fil de soie ou d'argent, fixé à l'ouverture pratiquée à
son extrémité libre. On ne doit donner à cet instru-

---

(1) Voy. la fig. 10 de la planche ci-jointe.

ment que le moins de volume possible, afin qu'il puisse être introduit dans une sonde de petite dimension ; on le fait pénétrer dans l'œsophage, renfermé dans cette sonde, jusqu'au-delà du corps étranger qu'on amène au dehors en retirant l'instrument à soi. Si ce corps était une pièce de monnaie placée en travers, il me semble qu'il serait facile de lui imprimer une autre direction à l'aide de mouvemens convenables. Dans tous les cas, ce moyen me paraît préférable à celui de *M. Charrière*, dont l'introduction, quelquefois dangereuse, n'est pas toujours possible.

S'il s'agissait d'extraire un anneau ou tout autre objet de forme à peu près pareille, il est facile de voir que l'un ou l'autre de ces crochets pourrait être employé avec succès.

Résumé. Des corps étrangers de toute espèce peuvent s'arrêter dans l'œsophage, et tous, jusqu'à un certain point, peuvent se rapporter à trois divisions générales : 1° corps de forme irrégulière, mais assez volumineux pour donner prise à l'instrument; 2° corps aigus et déliés; 3° corps sphériques et circulaires. L'indication que présente presque toujours cette affection très-commune, est l'extraction faite instantanément. A chacune de ces trois larges divisions, on peut rapporter également les moyens conseillés pour remplir cette indication ; mais l'art n'en possédait encore aucun, qui, par ses avantages reconnus, fixât tout d'abord le choix de l'opérateur, comme dans la plupart des autres cas chirurgicaux; tous sont impar-

faits ou d'une application difficile, pouvant être dangereuse même entre les mains du chirurgien le plus
expérimenté. C'est ce vide de la science pratique,
avoué et senti de tous les hommes de l'art, qu'il importe de chercher à combler. Pourrai-je me flatter
d'y avoir contribué en faisant connaître les instrumens que j'ai l'honneur de soumettre au jugement de
l'Académie. Le nombre des corps étrangers. étant
aussi infini que leurs qualités diverses, on pourra,
suivant les cas, varier, modifier la forme des crochets,
leur donner plus de force ou plus d'étendue. La même
tige, taraudée à son extrémité, sert pour tous les
crochets, de sorte qu'on peut instantanément,
comme pour la clef de *Garengeot,* adapter celui qui
paraît le plus convenable.

Si l'Académie croit pouvoir accorder son suffrage
à ces instrumens, ils doivent, désormais, trouver
place dans l'arsenal de la chirurgie, et les cas qui
requièrent leur emploi étant souvent très-urgens, il
importe que tout praticien en soit muni comme des
instrumens les plus usuels, afin qu'au besoin, il ne
soit apporté aucun retard à leur application. *Interìm
aeger periclitatur,* dit *Fabricius Hildanus,* après
avoir rapporté l'observation d'une jeune fille qui
faillit mourir dans des convulsions produites, le 3e
jour seulement, par une épingle arrêtée dans l'œsophage, et il ajoute : *Habeat ergò chirurgus semper
in promptu instrumenta ad hanc operationem
necessaria : cunctari hâc in re non licet.*

Fɪɢ. 11. Même instrument avec ses crochets garnis d'éponges, commençant à sortir du tube dans lequel on l'a renfermé pour l'introduire dans l'œsophage, et vu au moment où, ayant dépassé le corps étranger, les crochets vont être mis en liberté.

Fɪɢ. 10. Crochet double destiné à extraire les corps ronds ou circulaires ; il y a deux charnières sur le même plan, par lesquelles s'articulent deux crochets, distans l'un de l'autre d'au moins deux lignes ; chaque crochet s'ouvre par l'effet d'un ressort et se ferme à volonté par un fil qui part de son extrémité libre.

Une seule tige sert pour ces trois sortes de crochets, qui tous sont introduits fermés et contenus dans une sonde de gomme élastique.